눈금 없는 잣대

개미

2015 장애인 창작집 발간지원 사업 선정 작품집

눈금 없는 잣대

1쇄 발행일 | 2015년 12월 20일

지은이 | 이훈식
펴낸이 | 정화숙
펴낸곳 | 개미

출판등록 | 제313 - 2001 - 61호 1992. 2. 18
주소 | (04175) 서울시 마포구 마포대로 12, B-109호(마포동, 한신빌딩)
전화 | (02)704 - 2546
팩스 | (02)714 - 2365
E-mail | lily12140@hanmail.net

ISBN 978 - 89 - 94459 - 59 - 2 03810

값 10,000원

주최 | 대한민국 장애인 창작집필실
주관 | 장애인인식개선오늘(고유번호 305-80-25363. 대표 박재홍)
심사 | 발간지원 사업 심사위원회
후원 | 대전광역시, 대전문화재단, (재)아름다운가게, 대전시버스운송사업조합,
　　　(주)유진택시, (주)삼진정밀, (주)맥키스컴퍼니, 계간 문학마당

눈금 없는 잣대

이훈식

전문예술단체 〈장애인인식개선오늘〉은 장애인의 문화
예술 활동을 지원하는 프로그램을 통해 장애인이 창조적
문화예술 활동을 하면서 성장하고 인정받는 것은 장애인
어느 한 개인의 역량만으로 가능한 것은 아닐 것입니다.

더불어 장애인 문화예술 활동을 활성화시키기 위해서
는 장애인의 문화적 욕구와 권리에 대한 국가적 차원에
서 지원과 배려가 반드시 필요하다고 생각합니다. 지금
까지 장애인 문화예술 활동에 대한 배려가 없었던 것은
아니었지만 비장애인에 대한 지원과 배려에 비해서는 미
미한 수준이라고 생각됩니다.

장애인의 '문화적 권리'가 '적극적 권리'로 규정된 것
에 비해 장애인의 경제적 조건은 여기서 말하는 개인의
경제적 조건이 아닌 인간의 가장 기본적인 권리 이동권
과 문화 향유에 대한 시민적 권리를 말하는 '인권적 측
면'을 지칭하는 것입니다.

장애인의 문화예술은 교육활동과 참여할 수 있는 기회
를, 이동권 확보를 통해서야 비로소 직업재활과 경제활

동 등을 할 수 있는 생산적 복지의 틀을 '대한민국 장애인 창작집 발간지원'을 통해 콘텐츠 확보에 주력하였고, 가능성을 확인할 수 있는 결과를 '2014년 세종도서문학나눔 우수도서'에 선정된 장애인 작가들의 작품성을 통해 확인하였습니다.

곧 '장애인문학'의 대중화를 시킨 최초의 사례가 된 것입니다. 즉 장애인 문화예술교육 활동의 기회제공, 이들의 작품성으로 인한 대중적 접근성을 신장하였고 문화예술계 전반에 참여할 수 있는 역량강화에 이바지한 것입니다.

또한 이와 같은 장애인 사회참여 과정은 작가와 독자가 되어 보다 풍요로운 삶을 영위할 것이며 동시에 사회통합과 공동체 사회의 이념을 다듬어 나가는 초석이 될 것입니다.

이번 장애인 창작집 발간지원 사업에 선정된 장애인 작가들은 작품집과 대중성을 확보하여 문화적 권리 즉 장애인문학을 통하여 보다 적극적인 문화적 권리 함양에 이바지함은 물론 이러한 콘텐츠를 통하여 일자리 창출의 기회를 삼아 '생산성 있는 문화 복지'의 주인이 되길 바라는 마음 간절합니다.

2015년 세밑에서
전문예술단체 〈장애인인식개선오늘〉
대표 박재홍

장애인 예술의 개념을 보면 장애가 있는 대부분이 스스로의 예술 작업을 장애예술이라는 용어로 구분지어 불리는 것에 대한 거부감을 가지고 있는 등 장애예술이라는 용어 자체가 작금에 논란이 되고 있는 것은 사실이다.

그러나 최근 문화복지 신장과 문화예술의 사회적 통합의 역할이 강조되어 장애인 예술 활동에 대한 사회적 관심이 높아짐에 따라 장애인과 관련된 예술 및 예술 활동의 정의와 범주에 대한 논의가 활발히 전개되고 있다는 것 또한 사실이다.

현재 논의되어진 장애인 예술을 "신체적 정신적 장애를 가지고 있는 사람이 예술작품을 창작하거나 표현하는 행위"로 한시적으로 정의함을 정론으로 하고 있다.

결국 일반적으로 예술인들은 아래의 특징을 가지고 있다. 예술창작을 본질적인 부분으로 생각하고, 고용되었거나 어떤 협회에 관여하고 있는지의 여부에 관계없이 예술인으로 인정받고 있거나 인정받을 수 있는 사람으로 규정하고 장애예술인 역시 위의 예술가의 특징을 가지고 있으면서, 신체적·정신적 장애를 가지고 예술 활동을 하고 있는 사람으로 규정할 수 있다고 정론화된 다수의 의견을 전제로 선정된 작가들의 심사평을 쓰기로 했다.

『눈금 없는 잣대』의 이훈식 시인이 그동안 상재한 시집만으로도 중견에 가깝다. 10권의 궤적은 그의 신앙적 간증에 가깝고 뿜어지는 시적 아우라가 곳곳에 영성으로 빚어진 이슬 같다. "배설하지 않고는 배길 수가 없었다"라고 고백하며 환한 대낮에 벌거벗은 느낌이라며 자조하는 그는 나름대로 시는 자신의 구도라고 표현하고 있다.

'달빛의 창가에 머물던 시선'은 유가의 신독(愼獨)과도 같고, 삶을 촘촘한 얼개를 통해 깊은 통찰을 신성에까지 아우르고 있다. 마치 동심과도 같아서 어뜻 보면 아이처럼 그의 시심은 맑고 유치하기까지 하다. 유치하다는 것은 내밀한 속내가 잘 표현되지 않는 장난기, 혹은 수줍음이 있다는 말과도 환치할 수 있겠다.

그만의 승화된 사랑이 가득한 묵은 원고에서 새롭게 나비처럼 고치를 나와 햇살 속으로, 봄날의 아지랑이 속으로 시어들이 펄럭거리며 날아가는 환한 느낌이다.

　ー심사위원회

  10년 만에 네 번째 시집을 내게 되었다. 그간 가슴 한 켠에 쌓아 두었던 사연들을 들춰내어 먼지도 털어내고 피붙이 같은 이름도 붙여 주었다. 전혀 생각해보지도 않았는데 용인신문사 김종경 사장의 추천으로 빛을 보게 된 언어들, 시를 쓴다는 것은 살아가는 하나의 흔적이지만. 읽어주는 분들에 작은 기쁨이 된다면 더 무엇을 바랄까? 배설하지 않고는 배길 수 없었던 날들을 환한 대낮에 아무런 부끄럼 없이 벌거벗겨 놓은 느낌이다. 시란 자기의 구도요 하나의 자아표출이기도 하지만 써 놓고 보면 늘 아쉬움만 잔뜩 남는다. 그래도 시를 쓸 때가 가장 행복한 순간이었음을 감사한다.

2015년 12월
용인에서 이훈식

눈금 없는 잣대
차례

제3부

아득한 풍경

제1부

달빛 창가에 머물던 시선

바람에게 들켰네

지나가는 바람이
자꾸 내 이름을 부르는 것 같아
두 눈 크게 뜨고 뒤돌아보니
누군가 햇살 등 뒤
그늘로 숨는다
흑백사진 속 희미하게 남아 있는
모습 같기도 하고
살아생전 꼭 한번 만나고픈
사람 같기도 하다
바람은 근데 어떻게 알았을까
불씨처럼 꾹꾹 밟아둔 이 기다림을
가슴 맞대지 않아도
쿵쾅대며 삽질하는 이 맥박을
오직 나 혼자만 소유하고픈
여백이 없는 욕망이여
한동안 내 귓바퀴를 맴돌던
당신의 목소리가
아직 오지 않은 슬픔에 닿아 있음을

바람만은 알고 있었나 보다

날 받으소서

부끄러움 없이
당신 가슴에 붉은 사랑 하나
깊이 묻을 수 있다면
남은 삶이
그리 길지 않아도 좋습니다

함께 물들 수 있는 시어로
함께 춤출 수 있다면
날 선 작두도 두렵지 않습니다

당신으로 인해
다시 무릎 세우는 날은
마른 뼛조각에서도
곱게 피어날 꽃 한 송이

당신이 내 안에 있고
내 안에 당신이 있다면
이 세상과 저 세상

더 이상
아무런 욕심 없습니다

기도 2

가슴 절어진 슬픔이
하도 죄스러워 두 손 모우고
무릎 꿇기도 부끄럽습니다

사람과 사람이 만난 인연
하얀 속살 같은 마음을
전하지 못해 꺾이지 않는 관절마다
울음이 배어나옵니다

당신의 그 지고한 뜻이
어디 있는지 묻고 있음이 아닙니다

모난 모서리 칼날 되어 스치는 곳마다
상처로 남은 아픔
사랑과 미움의 벽을 아직도
허물지 못해 차마 울 수도 없습니다

마음 쏟아놓고 마음껏 부를 수 있는

내 목숨 같은 당신이여
마지막 피를 토하는 노을처럼
빗장 걸린 그리움 하나
가슴 도려내게 하소서

자랑할 것 없고 내세울 것도 없는
그저 허물 많은 놈
그래도 당신의 자식입니다

바람의 얼굴

아직까지 바람의 얼굴을 본 사람이 없다
모든 걸 집어 삼킬 듯
광풍으로 휘몰아칠 때도
갈갈이 찢긴 뿔난 뒷모습뿐이고
들꽃 예쁘게 전염병처럼 번진 들녘
온종일 맴돌던 발자국을 찾았다 해도
향기로만 남은 사라진 시간뿐이다
가진 것 훌훌 벗어 던져 버리고
한곳에 머물지 않는 습성은
순환되지 않는 것은 모두 사멸한다는 듯이
대소를 구별하지 않고
무조건 일단 흔들고 보는 괴벽이지만
한 번도 남에게 묶이어 본적이 없는 자유
가고자 하면 어느 곳이나
길이 되는 삶이다
비록 허공을 떠도는 버림받은 것 같은 행보
어디서 왔다 어디로 가는지
아무도 아는 사람은 없지만

한번쯤 살점 하나 피 한 방울까지
가슴을 몽땅 빼앗겨 본 사람은
바람이 오늘도
울음 강에서 잔다는 것만을 알뿐이다

뻐꾸기

희미해져 가는 꿈을 헹구듯
건너편 앞산에서
이른 아침부터 뻐꾸기가 운다
멀어지듯 다가오고
다가오듯 멀어지는
청아한 메아리

간간이 내 안에서
불을 끄고 울던 사내가
뻐꾸기 울음 따라
산모롱이를 돌아서 가는
모습이 보인다
하얀 꽃구름이 핀
하늘이 참 눈물 나도록 시리다

솜돌이

솜돌이는 버려졌던 녀석을 딸내미 성화에 못 이겨
마지못해 입양한 우리집 막내다
고양잇과 동물들은 원래 물을 싫어한다지만
더러운 솜돌이를 목욕 한 번 시키려면
피아 구분이 없는 완전 전쟁이다
깨물고 발톱으로 할퀴고 온몸으로 발버둥 칠 때면
도저히 당해낼 재간이 없다
어떤 기억 때문인지 꼭 죽이는 줄 아는 모양이다
태생적으로 듣지를 못해 고양이 언어를 제대로
배우지 못한 까닭인지 소리소리 지르며 울 때는
꼭 돼지 멱따는 소리다
작년 여름에 딸내미와 몇 번 목욕을 시킨 후
다시 한 번 시도해보지 못했다
근데 날씨가 더워지면서부터
집에 들어오면 고양이 냄새가 심하다고
집사람이 짜증을 낼 때가 있다
그러면서 씻기 싫어하는 꼭 누굴 닮았다며
실눈을 뜨고 나를 빤히 쳐다본다

내가 일시에 고양이와 동격이 되는 순간이다
그래 맞다
틈만 나면 밖으로 뛰쳐나가려고
창문마다 방충망을 물어뜯어 놓기를 벌써 수십 번
어깨죽지에 날개가 자라지 못해
늘 제자리만 맴돌다 답답한 가슴만 물어뜯는
내 꼴과 정말 닮았다

그게

속절없이 식어만 가는 가슴에
당신의 이름을 가만히 문지르다 보면
죽어있던 세포들이 일시에
무릎을 세우고
꺼져있던 방마다 환하게 불을 밝힌다
살아오면서
스스로 아물 수 없었던 기억들이
분홍빛 새살로 돋는다
당신을 사랑한다는 것은
끝없는 기다림에
나를 붙들어 매는 일이며
나는 보이지 않고
오직 당신만 보이는
입구도 출구도 없는 세계이다
햇살 맑게 춤추는
사람의 향기가 몹시 그리운 날
살아 있는 모든 것들의 아름다움이
눈물 속처럼 아득해져 올 때

가만히 손 한 번 잡아 보고 싶은 것
그게 사랑이다

들꽃

저마다 소박한 이름을 가지고
논둑 밭둑에 피어나는 여린 들꽃들이
저절로 피어나는 건 아니다
살점 떨어져 나가는
사는 게 다 아픔이 되는 계절
쇠심줄 같은 목숨 하나
속울음으로 견딘 가슴이 있어야 한다
누군가의 슬픔처럼
어둠이 잔뜩 내리면
한줄기 달빛으로 말갛게 씻은
이 세상 저울로는
그 무게를 도저히 달 수 없는
그리움이 있어야 한다
거스릴 수 없는 세월이
무늬져 있고
상한 마음들을 쓰다듬어 주던 기억만이
향기로 남아 있는 들꽃은
순백한 영혼을 사랑한 사연들이

발자국으로 찍힌 자리에만
곱게 피어난다

거기도

뻐꾸기 소리
아카시아 꽃향기를 자극할 때
더욱 높아진 하늘
앞개울로 흐르던가요

반환점을 훨씬 지나
따라오던 그림자 앞세우고 걷다가
제 발짝 소리에 그만 놀란 가슴
바람으로 불던가요

거기도
피 토하듯 노을 진 하늘에
목을 맨 외로움이
길섶 들꽃으로 피면
밤마다 소쩍새 그렇게 울던가요

눈물

의사이면서 시인이신 마종기 님이
금방 죽은 사람을 보면
살아있을 때보다
아주 평온한 얼굴이지만
자세히 들여다보면
거의 다
눈물 흘린 자국이 뺨에 보인다고 한다
그게 눈물샘의 기능이 갑자기
정지 되는 바람에 오는 병리적 현상이든
아니면 그게 누구나 삶 끝에서 오는
마지막 회한의 흔적이든

나는
가슴에 늘 대못질하던 솜씨로
눈물샘에 왕 말뚝을 미리 박아놓아야겠다

살구나무

부잣집 뒷마당에 살구 익은 소문이
동네 몇 바퀴 돌고 돌던 어느 날
서리해 먹던 그 꿀맛에
입 안 가득 침이 고여있던
동네 개구쟁이들이 작당을 하여
담을 넘었다
저마다 뛰는 맥박을 호흡으로 누르고
오직 본능만 살아있던 시간
도둑고양이가 따로 없다
서로 남남이 되어
빈주머니에 살구를 반쯤 채울 때쯤이다
갑자기 하늘이 무너지는 천둥 소리
도깨비 같은 부잣집 큰아들의 출현에
모두들 혼비백산
떨어진 간(肝)을 뒤꽁무니에 매달고
걸음아 나 살려라 모두들 줄행랑 칠 때
나무에 올라가 가지를 흔들어대던 나는
막다른 골목에서 꼼짝없이 붙잡힌

불쌍한 한 마리 쥐였다
매서운 꿀밤에 하늘이 노래지고
사정 없이 귀를 잡아당길 때는
온세상이 다 찢어지는 줄 알았다
그래도 안주머니 깊숙이 감춰둔
살구 두 개는 목숨처럼 끝까지 지켜냈다
그건 옆집에 살고 있는
나보다 세 살이나 어린 정님이 몫이었다
오늘 살구꽃을 보니
웃을 때마다 하얀 보조개 피던 정님이가
그 속에 숨어 있었다

두 눈 꼭 감으면

두 눈을 꼭 감고 있으면
눈을 뜨고 있을 때는 전혀
잡히지 않던 소리들이 들린다
마을 어귀를 빠져나가며
손을 흔드는
자동차의 희미한 경적 소리
누군가를 부르며 달려나가다
웃자란 허상을 만났는지
살금살금 뒷걸음치는 바람 소리
언제부터 울고 있었을까
목이 잔뜩 가라앉은 풀벌레 소리
오후의 햇살이
뒤척이는 서너 평 남짓한 거실
목숨 하나 헌 옷처럼 버려질 날을
깔고 앉아 두 눈 꼭 감으면
찢어진 살점을 붙들고
실핏줄을 타고 올라오는
당신 목소리가 들린다

엄마

잠을 곧잘 자다가도
또 어디가 아픈건지
갑자기 깨어나
세상 떠날 듯 서럽게 울어대면
놀란 심장을 움켜잡은
엄마는
괜찮아 괜찮아
엄마야 엄마 하며
한숨처럼 말라버린 젖꼭지만을
밤새 아프도록 물렸다고 했다
자라 오면서 몇 번인가
하늘이 주저앉고
땅이 꺼져도
그때는 엄마가 계셨다

솜돌이 2

누군가의 손에서
중성화 수술까지 받고 길러지다가
하루아침에 버림을 당한 솜돌이
얼마나 춥고
배고팠을까
얼마나 세상이 무섭고
외로웠을까
제 울음소리조차도 듣지 못하는
귀머거리 녀석
이리저리 울며불며 쫓겨 다니다가
우리 식구가 된 지 벌써 3년째
짧은 오후에 햇살을
혼자 가지고 놀다 지쳤는지
쇼파에 누워있는 내 배에 올라타고서는
뚫어져라 빤히 나를 쳐다본다
세상에 이보다 더 맑은 눈빛이 있을까
깊이를 가늠할 수 없는
검고 투명한 눈망울 속에

바다가 있고
하늘이 있고 산이 보인다
그토록 내가 쓰고 싶었던 한 편의 시가
촉촉이 젖어있다

그게 사람이지

도려내지 못한
슬픔 하나쯤 가지고 사는 게
사람이지
그 슬픔이
저녁놀처럼 밝아져 오는 날이면
한 줌 바람 소리에도
뼛속까지 저리지

형벌 같은
사랑 하나 가지고 사는 게
사람이지
눈물 떨어진 자리마다
하얀 소금꽃 피는 날이면
풀잎 적시는 빗소리에도
핏물이 고이지

제2부

향기로 남은 시간

고장 난 벽시계

깊은 침묵으로 빠져든
네 모습을 볼 때마다
내가 더 아프다
예고 없이
모든 신경줄 끊어진 듯
일순간에 멈춰버린 호흡
때가 되면
자명종 울림으로
나사 풀려가던 기억들을
일깨워 주더니
말 못할 가슴에 대못 박힌 듯
저 섬뜩한 고요 속에
나마저 갇혀있다

풀벌레 소리

조금 열어 놓고 잠이 든
창문으로
바람의 걸음처럼 들려오는
울음인지 웃음인지 모를
저 낮은 소리들
근데 어찌 알고 저렇게 부를까?
가슴속 깊이 감추고 있는
눈물 같은 그 이름을
산 목숨보다 죽은 목숨이
더 많은 대찬 세월 속
화장기 없는 가난한 웃음들이
울음이었음을
도대체 어찌 알았을까?
날이 훤해지려면
아직은 먼 시간

시 한 줄 못 쓸 때면

오고 가다
개망초 우거지던 묵정밭에
냉이꽃 지천으로 피어있어도 그저 그렇고
창문 틈으로
몸 비비고 들어오는
봄바람 유혹도 그저 그렇다

달이 떠도 그만
해가 져도 그만

핵 선제공격 마다하지 않고
남한을 불바다 만들겠다며
입에 게거품을 물고 떠드는 소리도 그저 그렇고
제 몸에 불을 놓아
온세상을 들뜨게 하는 노을도 그저 그렇다

이젠 이름조차도 나직이 발음되는 당신이
아득한 풍경으로 고여있다가

가슴 흠뻑 적시는 밤비로 내려도
모든 게 그저 그렇고 그렇다

첫눈

외로움은 다른 것으로
메꿔질 수 있는 대상이 아니고
홀로 끝까지 견뎌야만 하는 여정
날마다 허공을 떠돌다 그만
바람이 되어버린 영혼이
가난한 거리
낯선 처마 밑에서 울 때
그 얼룩진 가슴을 감춰주려고
첫눈은 온다
사는 것도 어려운데
시(詩)마저 자꾸 어려워져가는 세상
눈밭에서 구르던 하얀 기억처럼
모든 허물을 덮어주려고
첫눈은 그래서 온다

날벼락

갑자기 마른하늘
벌건 대낮에
천둥 번개
날벼락을 친다

내일도 오늘과 같을 것이라
굳건히 믿는
우매한 자에게
비수처럼 날을 세운
하늘에 꾸짖음

이 땅에 살면서
홀로 외로웠던 슬픔 몇 개
깊이 숨겨놓아도
다 소용없는 일

막막한 그대 앞에 서면
순식간에 무너지던 가슴 또한

하늘에 일이었다

비 개인 이른 아침

실안개에 갇힌
청아한 뻐꾸기 울음소리
가까운 듯 먼데
어젯밤 수백 리
당신께로 달려갔던 길이
초록 그물에 걸려있고
풀잎에 맺혀있던 이슬방울들이
구름 사이 얼핏 비치는
파란 하늘로 떨어진다
젖은 바람을 안고 가다
산자락 그늘에 앉은 햇살이
투명하고 여유로운 시간
하루치의 목숨으로
서로 다른 슬픔을 가지고 사는 우리
그래도 오늘만큼은
대문 훤히 열어 두어야겠다

풍경

산사 처마 끝
실낱같은 인연의 줄로
매달려 있는
물고기 한 마리
바람이 불 때마다
찰랑찰랑
화두가 풀리면
산이 바다요
바다가 곧 산이라며
꼬리를 흔든다

그 이유를 알겠다

요즘 들어
이름은 아주 익숙한데
얼굴이 떠오르지 않거나
얼굴은 선명한데
이름이 전혀 기억나지를 않아
종종 벌레 씹은 맛일 때가 있다
있을 수 있는 일이거니
이게 다 나이 먹는 탓이거니
자위를 해보지만
그저 멀리서 남의 일로만 여겼던 마음이라
매번 당혹스럽고 혼란하다
이젠 하나하나씩 내려놓아야 한다는 것을
몸이 먼저 알았나 보다
바람처럼 앞질러 가는 세월 앞에
이빨 빠져가는 기억의 톱니바퀴
해 떨어진 후 수척해진 달을 보며
그냥 그렇게 가슴 아프더니
이제야 그 이유를 알겠다

솜돌이 3

태생적으로 듣지 못하고 불임수술까지 받은
누군가 기르던 손에서 버림을 당한
이제 막 두 돌이 지난 솜돌이를
인터넷을 통해 입양해 온 지 6개월째
고양이털에 대한 알레르기성 특이 체질을 가진 막내
처제가
모처럼 놀러 온다는 바람에 딸내미 좁은 방에다 일단
가두기로 했다
보통 때 같으면 갑작스런 변화에 울기도 했을 텐데
몇 번인가 문 긁는 소리가 나더니 이내 잠잠해졌다
얼마나 시간이 흘렀을까? 바깥 창문 틈 사이로 방안을
들여다보니
언제 열릴지 모를 방문 앞에 돌부처처럼 앉아있다
쓰다듬어 주는 온기가 그리워 새벽마다 울음으로 나를
깨우는 녀석
언제 어디서나 끝까지 살아남으려면 울음을 깔고 앉아
죽은 듯 있어야 한다는 것을 그동안 온몸으로 배웠나
보다

동그랗게 등 굽어 가는 세월을 기다림으로 꽁꽁 묶은
자세
차라리 떼를 쓰며 문 열어 달라고 울기라도 하지
우리집에는 이제 못난이가 둘이다

무자경전

골짜기 물이
밤낮없이 흐를 수 있는 것은
낮은 곳으로만
그저 낮은 곳으로만
길 찾아가는 순례자 같은
발걸음 때문이다
흐르는 물은
지나온 모든 기억들을
물빛으로 남겨둘 뿐
결코 뒤돌아보는 법이 없고
어떤 틀 속에 갇혀도 결코
자기의 모양을 주장하지 않는다
늘 투명하게 깨어있으나
한평생 몸을 낮춘 여정
메마른 영혼들을 적셔주던 물은
결국 길 끝에서 모두 하나가 되는
무자경전(無字經典)
속 깊은 바다가 된다

나비처럼

고치에서 막 빠져나온 나비
허공을 향해 온몸을 던진 날갯짓
날아오르면서 본 세상은
기어 다닐 때 보던 땅과 하늘이
분명 아닐 것이다
종이처럼 가벼워진 기쁨에
모두가 눈부신 세상
비상하는 모든 날개엔
향기 가득한 꿈이 묻어있다
누군가 깊이 사랑을 하다
새롭게 눈이 떠지면
한 점 바람이 되고
한 점 꽃잎이 되는 나비처럼
사람에게도 날개가 달린다

사람이니깐

평생 뼈를 깎는 면벽 수행을 해도
죽음을 뛰어 넘을 수 있는 사람은 없다
사람은 부처도 신도 아니다
그냥 사람이다
남에게 깊은 상처를 주면서도
전혀 모르는 사람의 눈물을 보고
내 아픔인 양 우는 게 사람이다
사람이니깐 허물도 많고 실수도 한다
우리는 헛된 욕망에 빠져
모든 걸 그저 채우려고만 하지
뼛속까지 비운 그 가벼움에
새가 하늘 높이 난다는 것을
모르고 사는 게 사람이다
산에 피는 꽃들이
저마다 색깔과 모양이 달라도
욕심 없이 살듯이
나와 다른 것은 다른 것이지
나와 다른 것이 틀린 것은 아니다

바다가 밤마다 뒤척이며
몸살을 앓는 것처럼
아프면 아프다고 하자
전에도 없었고 앞으로도 없을
일회적이고 유한적인 삶이기에
하룻밤 사이에 일그러진 달을 보고
슬퍼하는 게 사람이다
객기를 다 씻어내지 못해
끝없이 죄를 짓고 나서 또 가슴 무너지도록
통회를 하는 게 사람이다
잘못했으면 변명도 핑계도 대지 말자
신의 잣대는 원래 눈금이 없는 법
사람이니깐 운다

눈 내린 새벽

한동안 글을 쓰지 못하고
창백한 새벽을 만날 때면
뼈 시린 가슴에 성에꽃만 핀다
누가 슬픈 것들은
맑은 소리를 낸다고 했던가
잔뜩 식어버린 낱말들이
고드름처럼 매달려 있다가 떨어진다
연습도 각본도 없는 생애
얼마나 더 가슴 비워야
얼마나 더 참고 기다려야
추함도 오염도 없는
눈부신 가슴을 만날 수 있을까

기다림

마른 햇살이 숨을 고를 때마다
반짝이며 스며드는 모습
꿈자리에서 맴돌던 은빛 밀어가
하얀 기억의 파도를 탄다
생살을 사정없이
찔러대는 송곳 추위에
뼈만 남았지만
가지마다 비밀병기처럼
감춰놓은 씨눈
갈퀴질하는 눈보라 속에서도
눈 하나 깜짝이지 않는다
잔뜩 웅크린 가슴
심장이 얼어붙을까
짧은 햇살로 피를 데워야만 하는
모진 겨우살이
산 너머 들녘에 푸르른 아지랑이
제 흥에 겨운 날
찌든 때를 벗겨낸 자리마다

이 세상에서 제일 예쁜
당신 닮은 꽃들이
지천으로 피어나리라

전화가 왔다

전화가 왔다
남이 들으면 시시콜콜한
얘기라고 하겠지만
속을 다 드러낸 웃음들이
귀에 익은 사투리처럼 정겹고
일상에 갇혔던 길 하나가
기지개를 펴며 우뚝 일어선다
하얀 옷에 풀물들 듯이
스며들어 오는 목소리에
내 봉긋한 가슴이 열리면
눈물로 절여놓았던 애증들이
입술을 태우며
아직은 더 기다림을 배우라고
끊어질 듯 이어질 듯
아주 낮은 목소리로 속삭인다
곧 눈이라도 쏟아질 듯
잔뜩 내려앉은 하늘
손잡지 못하고 이만큼 떨어져

너를 들여다보는 시간
막혔던 혈류가 다시 흐른다

제3부
아득한 풍경

화인

헛바닥을 날름대는
시뻘건 화염에 데인 상처가
파란 불꽃을 튀며 맨살을 찌를 때마다
온몸의 신경줄이
다 끊어질 듯한 신음
지옥이 따로 없다
아플 만큼 아파야
새살이 돋는다는 것을 알겠지만
만사가 다 귀찮다
인류의 최초 언어가 몸짓이었다면
사유의 시작은 분명
어금니에 깨물린 속울음이었을 것이다
잔인한 시간을 다독이다 보면
시커멓게 타버린 노여움에 상처가
쓴웃음 같은 흉터로 또 남겠지
화인 맞은 독한 그리움에
내 가슴 문질러 대던
울음처럼

운문사

모든 문(門)도 모든 길(道)도
화두로 잡히고 나면
높고 낮음이
길고 짧음이
그저 한 호흡에 지나지 않는다고
가부좌 튼 맑은 사유가
빙그레 웃는다
발걸음을 옮기며
무릎 해지도록 엎드렸을
시간들을 헤아려보다가
천년 세월이 지나면
처마 끝에 매달린 풍경마저
바람의 등을 쓰다듬으며
묵언 수행을 한다는 것을 보았다
부끄럽고 어리석었던
지나간 날들이 아픔인 줄만 알았지
생과 사 경계는
바람이 세운 벽이라는 것을

미처 깨닫지 못했다
한 획 한 점 같은 세상사
마음은 여전히 허공을 떠도는데
오랜전에 잃어버렸던
쪽빛 하늘이 거기 있었고
법문으로 피어난 당신 닮은 들꽃이
나를 보고 합장을 한다

일어서기 위해

깨진 소주병에 무참히 맞아
한쪽 눈을 잃었을 때
좁아진 시각에 초점이 맞지를 않아
헛발을 딛고 넘어질 때가 많았다
무릎이 깨지고 옷이 흙투성이가 되는 날이면
밥 한술 입에 떠넣으며
눈물도 함께 씹어 삼켰다
높고 낮음과 멀고 가까움에 익숙해지기까지
한동안 지팡이에 의지하며 살았다
내가 엎지르고 다시 담을 수 없었던 회한
쳐다보는 시선들이 참 많이 아팠다
넘어지면 무조건 일어서야 한다는 것을
그때부터 배웠다
제대로 일어서기 위해서는
제대로 넘어져야 한다는 것도 알았다
어깨를 짓눌러 온 중력의 무게가 오히려
삶의 힘이 된다는 것을
아픔은 아픔으로만 치유된다는 것을

쓰려지고 일어서면서 온몸으로 배웠다
나는 무너져도 다시 일어나기 위해
뜨겁도록 당신 사랑을 한다

함부로

꽃의 어원은
바로 고추에서 나온 말이라는
어느 숲 해설가의 해석이
참 재밌다
남자들은 꽃을 감추기 바쁘지만
식물들은 온갖 향기와
화려한 자태로
내놓고 유혹을 한다
꽃을 싫어하는 사람은
이 세상에 아무도 없을 것이다
앞으로는 함부로 꽃을 따거나
꺾어서는 절대로 안 된다
너 죽고 나 죽는 일이다

대나무 2

오직 하늘을 향한 마음이
막막한 두려움으로
몹시 흔들릴 때도 있지만
옹이진 가슴을 마디마디로 묶어놓고
뒤돌아보거나
곁눈질하지 않는다
텅 빈 가슴 그 채울 수 없는
무게를 알고부터는
군말이나 장식어 따위도 다 버렸다
차라리 낯선 전율로 다가오는
칼바람 그 느낌이 좋다
조락의 계절이 다가와도
올곧은 자존심 하나로 버틴 푸르름
대숲에 머무는 들바람 소리에는
보이지 않는 길이 있다

가을이네

달빛이 하얗게 묻어있는
풀벌레 소리
가만히 귀 기울여보니
어둠에 젖은 음계로
슬픔을 더듬더듬 풀어내는 소리
나는 오한이 나고
밤새 앓았다

우렁각시

성깔만 남은 바람처럼
시 한 줄 제대로 쓰지 못하고
시퍼런 울음으로 울어대던 내게
설화 속 우렁각시가 꿈속에 나타났다
행여 거드름 피우지 말고
언제나 느릿느릿한 걸음으로
세상을 바라보라며
웃는 모습이 당신 꼭 닮았다
그늘진 한 모퉁이 끈적끈적한 세월
온몸으로 부둥켜 안고
더듬더듬 살아온 생애 그래도
촉각만큼은 늘 깨어있었다는
말 한마디가 눈부시다
한 번 맺어진 인연을 천륜으로 여기고
삶의 고비 때마다 지혜로 풀어낸 용기는
바로 외로움을 아는 사람만이
풀어낼 수 있는 한 편의 서사시
인습에 찌든 세상에서

화려한 반란을 꿈꾸었던 우렁각시는
마음의 허리를 다친 사람에게
가슴 가득 고이는 향기요
하늘이 보여주는 사랑

사랑 2

항체기능이 약한 사람은
벌에 한 번만 쏘여도
반쯤 죽었다 살아난다
어느 날 갑자기
살 밑을 파고든 독침
이승과 저승이
따로 없다

길 2

조금 느릿느릿한 걸음으로
세상을 바라다보면
오고 감에 정해진 날이 없다는 듯이
계절 따라 천지에 피고 지는 꽃들은
다 솔기 터진 실바람 흔적이다
아직도 끝나지 않은 여정
낯선 길을 돌고 돌아 가야 할 때도 있고
안개 머물던 자리
갑자기 사라진 길 앞에서 서성거릴 때도 있겠지만
돌아보면 아득한 세월
지나온 길이 고단해 보여도
산은 언제나 일정한 거리에서 말이 없고
강은 둑이 넘치도록 흐르다가도
이내 제 길을 찾아간다
살다가 가슴에 마른 잎 지는 날 있으면
노을에 절여진 외로움
전생에서 불던 바람 한 자락으로
실어 보내놓고

묶여있지는 아니하되
벗어날 수도 없는 위대한 질서 앞에
한번쯤 조용히 나를 내려놓고 가자
들녘을 지나는 바람도 제 길을 안다

별이 반짝이는 이유

죄가 될까 봐
사랑한다는 말을
차마 못하고
밤마다 하늘을 향해
쏘아 올린 불화살이 박혔던 자리마다
유리알처럼
매달린 눈물

태엽

깊이 고장 난 벽시계를 완전 분해하듯
나 자신을 하나하나 뜯어본다
켜켜이 얼룩진 때가 잔뜩 끼어있고
부스럼이 곪아 터진 흔적처럼
구석구석 녹이 슬어있는 자아
평소에 기름도 치고 닦고 조이며
성찰의 시간으로 관리를 잘했으면
심장이 고동치는 청아한 소리를
메아리로 들을 수 있었을 텐데
관성에 젖어만 있던 사유로 인해
세월에 헐거워진 나사는 빠져나가고
맞물고 돌아가야 할 이성의 톱니마저
닳고 닳아 모든 게 엉망이다
윤기 나던 시절 다 보내놓고
때늦은 회한이 뭔 소용이 있을까
이제라도 꺾인 허리를 우뚝 펴고
널브러진 기억들이
가슴 두근두근 맥박으로 뛰도록

날마다 엉켜 붙은 하루를 점검하자
길고도 짧은 인연 그 중심에
나를 못 박은 당신
끊임없이 돌고 돌아야만 하는 세상에
풀린 태엽을 다시 감아줄 사람
그래도 제 안에 계신 당신뿐입니다

내가 사는 곳에만

앙가슴을 열고
꿈처럼 펼쳐져 있는 쪽빛하늘을
아무리 뚫어지게 찾아 봐도
하늘로 오르는 길이 보이지 않는다
얼마나 더 애증으로
마음 끓어야
당신의 그 깊은 너울에 닿을 수 있을까
흐르는 강물을 붙잡을 수 없듯이
늑골 사이로 빠져나가는 혼미한 세월
당신은 내게서 너무 멀고
허리 뚝뚝 꺾어지는 소리가
슬픈 바람 한 줄기로 불어오는 날에는
벌건 대낮인데도
희한하게도 내가 사는 곳에만
비가 내린다

기도

어둠을 넘어 핼쑥한 새벽이 올 때까지
뼛속을 파고드는 한기를
저린 기도로 잡을 수 없을 때는
여명의 햇살이 주춤거리듯
미열로 들뜬 아침이 온다
고독 안에서 오히려 더 자유롭던 사유로
조금씩 보폭을 넓혀가다 보면
이쪽저쪽 경계가 분명치 않는 길에서
한쪽이 마비된 걸음을 만난다
차가운 이성으로 채우기보다는
감성으로 남겨둬야 할 여백이다
이젠 그리움을 가장한 출처가 없는 이야기는
주저 없이 지워버리자
움키면 움킬수록 빠져나가는 세월
늘 적당한 거리에서 숨 고르기를 하는 내 사랑
어디에서 이 뜨거움을 잠재울 수 있을까
창작의 기쁨도 믿음의 열정도
당신과 함께 어우러지는 뿌리가 아니라면

내게는 산 목숨이 아닙니다
내 영혼 깊은 곳에 마르지 않는 샘 하나
알몸으로 풍덩 빠져도 좋을
당신입니다

모내기

학교 운동장
재잘대는 조회시간처럼
줄 맞춰 서 있는 어린 모들이
초록 햇살 앞에 고개를 쳐들고
찰랑거리는 논둑길
낡은 밀짚모자에
바지가랭이 한쪽만 잔뜩 걷어 올리고
괭이를 어께에 둘러 맨 걸음걸이
참으로 낯익다
저 만치 걸어가시다 힐끗
뒤돌아보는 흐릿한 시야
한 평생 논밭에서
구부정한 한 마리 학으로 사시다
34년 전에 돌아가신 바로
울 아버지이다
꿈결처럼 들려오는 뻐꾸기 울음소리
허기진 가슴을 채우던
막걸리 냄새가 환영처럼 배어있다

평행선

손 내밀면
언제든 손닿을 수 있는 거리지만
다가설 수도 없고
물러설 수도 없는
팽팽히 당겨져 있는 가슴
둘이면서도 하나이고
하나이면서도 둘이 되는
가도 가도 끝없는
그리움의 진행형
어느 모습이 진정 너이고
어느 모습이 진정 나일까
처음부터 한 눈금의 오차도 절대로
허락되지 않는 슬픔
입술과 입술이
가슴과 가슴이 포개질 수 없는
영원히 설명될 수 없는 간극

제4부

어둠에 젖은 음계

당신 닮은

땅 한 평도
내 이름으로 가진 게 없는
사념만 웃자란 내 가슴에
속으로 실컷 울고 나서야
확연히 보이는 모습이 있다
늘 혼자이면서도
혼자가 아닌 척
목 꼿꼿이 세우던 세월
내가 충분히 견딜 수 있을 만큼만
날마다 자라나는 그리움은
골수 속 조혈세포
평생 남을 붉은 유전인자이다
모질지 못해 바람에 찢기우던
가난했던 언어들을 이제는
신음 신음 잔기침만 해대던
내 뜨락 한켠에
당신 닮은 꽃으로 피어나도록
꽃씨로 뿌려야겠다

아픈 자리

절망적인 공복감 앞에
수없이 홀로 도리질만 해야 했던
가슴앓이들이 이젠
오히려 내 안으로만 영그는
사랑이 되게 하소서

나즈막한 속삭임으로
길 끝에 또 길이 있음을
일깨워 주시는
그 은혜가 너무 아름답습니다

더듬대며 물어온 길
그 끄트머리에서
꼭 한 번 울며 매달려도
부끄럽지 않을
내 안에 당신

날마다

눈썹에 걸리는 그리움
마른 꽃잎을 적시는 비처럼
홍건이 물들게 하소서

뼛속까지 스며들던 실의조차도
버릴 것 하나 없는 계절

하늘을
흔들어 깨운 햇살처럼
당신만 있으면
아픈 자리가 또 아파도
괜찮습니다

송당 영전 앞에

만져보기조차도 조심스러운 철쭉이
빠알간 촉감으로 피어나는 때
그 누구의 부르심을 받으셨기에
그 많은 정들을 황망히 떼어 놓으시고 가셨습니까?
언제나 고단한 삶을 해학과 한바탕 웃음으로
가슴에 삭이시며 늘 앞선 걸음 되시더니
갑자기 모든 걸 뿌리치시는 이유는 뭡니까?
믿어지지가 않아 가슴을 쓸어 담을 때마다
함께 울고 함께 웃으며 지내던 시간 속에서
한 번도 당신에게 위안이 되지 못했던 회한이
숭숭 뚫린 뼈마디를 스쳐 지나갈 때면
시린 가슴 때문에 차마 울지도 못하겠습니다
아직도 채워야 할 그리움
아직도 더 다독거려야 할 외로움을 두고
바라볼수록 멀어지는 저 건너편
눈물 없이 어찌 건너가셨습니까?
만남과 이별을 구별 짓는 다는 것이
이 땅에선 참으로 속절없는 것임을 배웁니다

영전 앞에 술 한 잔 올리지 못한 것을
부디 용서하시고 편히 눈 감으소서
천상에서 다시 뵈는 날
내게 부어주었던 사랑 술로 익혀
타던 가슴 술잔으로 삼아
두 손으로 바쳐드리리다, 부디 영면하소서
잘 가시옵소서

그대를 사랑합니다

빛바랜 채무를 짊어지고
살점이 떨어져 나간 채
더 이상 숨을 곳이 없는 사람들이
서로 어깨 부딪치고 살아가면서도
행여 누구에게 아픔이 될까 봐
애써 고개 돌리고 살지만
외등의 불빛만큼 살 냄새 나는 세상
좁은 골목 그 언덕에는
늘 잔주름 잡힌 기다림으로 서성거렸다
날마다 이별 연습을 해야만 하는
떨리는 외로움을
속고름으로 움켜잡은 사랑이
숙면의 꿈이 아직 멀기만 한 투박한 사랑이
마주쳐 오는 방향 없는 바람 때문에
하루에도 몇 번씩
멀미에 시달리면서도
서로에게 거스름돈이 필요 없던 인연들
귀한 손길로 세상을 마감하는 일이

오히려 사치가 될까 봐
애써 눈물 감춘
굳은살 박힌 차가운 세월
서로에게 피난처가 되어 주던 고운 눈빛이
폐부 깊숙이 바늘로 꽂히던 날
"한번 안아 봐도 되겠소"
마지막 인사로 덥석 안아보던 그 울음 끝에
핏줄을 타고 흐르던 당신 모습
슬픔에 젖어 더 붉은 꽃잎을
내가 보았다

숲

숲에서는 얽히고 설킨 개별성에 불화가 있어도
서로 반목하지는 않는다
저마다 개별성은 전체 속에 하나이며
하나하나가 전체를 이루는 조화
제 몫이 무엇인지를 스스로 알기에
숲에선 너와 내가 없다
숲에서는 비가 내리고 바람이 불 때면
함께 젖고 함께 흔들리기 때문에
언제나 상쾌한 기운이 전체 숲을 지배를 한다
숲이 울창하면서도 적막한 까닭은
늙고 병들어서 죽는 것이 아니고
날마다 새롭게 태어나는
그 순환의 고리
생성의 비밀을 침묵으로 지키고 있기 때문이다
숲은 과거도 미래도
현재진행형의 부호일 뿐이다
가장 늙은 숲이 가장 왕성한 젊음이다
숲을 보려면 숲 밖으로 나가는 것이 아니라

숲 안에서 동화가 될 때
숲에는 살아 있는 것들의 진화의 무늬를
찾아낼 수가 있다
숲에는 모든 족속이 알아들을 수 있는
공통어가 있다
그래서 숲은 사람들이 사는
아주 가까운 곳에 있어야 한다

제5부
날마다 이별 연습

나무는

천둥 번개에 날벼락 치고
미친 바람에
허리 부러지도록 혼을 다 빼앗겨도
나무는 울지 않는다
가지 끝에 매달려 있던 바람이
홀로 울다 갈 뿐이다
어딘가 기댈 곳 없는 나무는
진솔한 뼈대 하나 올곧게 세우기 위해
천형처럼 뿌리를 땅속 깊이
박는 것이 전부이다
나무는 절대로 울지 않는다
웃음 끝에 걸려 있는 슬픔을
먹물로 갈아
금줄을 치듯이
가슴에 나이테로 혼자 새길 뿐이다

아마

이 세상에 태어나기 전
아마 나는
별이었나 봅니다

오늘처럼 달빛마저 깊이 잠든
차고 맑은 밤이면
혹여
가슴에 지펴놓은 불꽃이 꺼질까 봐
밤새 뜬눈으로 지새웁니다

이 세상에 태어나기 전
아마 나는
한 줄기 바람이었나 봅니다

오늘처럼 머물 곳을 찾아
들녘을 떠도는 눈송이를 보는 날이면
뜨겁게 입 맞추고 싶은 이름 앞에
그만

길 잃은 아이가 됩니다

가을을 맞이하며

한동안 정리하지 못했던
책상 서랍을 하나씩 빼내서 방바닥에 쏟았다
온갖 잡동사니로 정신이 어지럽다
불필요한 생각과 얼룩진 기억들을 골라
미련 없이 휴지통에 버렸다
하루에도 몇 번씩 열어 보면서도
시커멓게 부패한 시간의 조각들과
색이 바랜 남루한 웃음들을 알지 못했다

쓰잘데없는 나부랭이들이
야윈 기침을 하며
잔병에 시달리고 있는지도 몰랐다
곤한 잠에 빠져있던 게으름들을 털어내고
애틋한 마음들만 모아서
이름표들을 달아주고 보니
그간 눅눅한 소문으로만 떠돌던
이야기들의 진원지도 알게 되었다

나만이 열고 닫을 수 있는 수납 공간
그동안 혼미한 초점으로
흔들거리던 그리움은 이젠
한쪽 모서리에 대못으로 단단히 박아 두고
손때 묻었던 소박한 체온들만
고운 낙엽 모으듯 예쁘게 포개 놓자

바람꽃

가야 할 때가 되면 가야 한다
갈 때는 돌아올 길을 가늠하지 말고
가야 한다

참으로 오랫동안 손잡았던 인연
내 삶의 힘이 되었던 만남
가야 할 그 길이
시가 될는지 그리움이 될는지 알 수는 없어도
나를 이끌어준 세월이 그래도
사랑이었음을 깨달을 때 가야 한다

어혈처럼 영육을 파고들던 갈증도
모진 비바람에 혓바늘이 돋아나던 시간도
하나하나씩 기억으로 밟으며
지나가다 마주쳐도 서로 무심히
지나칠 수 있을 때까지 가야 한다

어눌한 생애의 그늘

늘 세월은 너그럽지 않았지만
이정표마저 없는 바람의 길 찾아 가다
먼 기억처럼 가슴 뻐근히 아파오면
나 외에는 누구도 내 외로움을 돌봐줄 수 없었다는
슬픔 하나가
내 가슴 어디쯤
울음으로 빠져나간 자리에
하얀 바람꽃 한 송이 피었으면 좋겠다

바람이 분다

키 맞추어 살다보니
자꾸 낮아지는 눈높이에
차마 눈 뜨고 볼 수 없는 일만 생기고
가끔 헛소리도 듣는다

앞뒤를 분간 못하고
날뛰는 걸음 앞에
짓밟힌 사연들이
말라비틀어진 언어로
나뒹굴 때마다
더러워진 귀나 씻으라고
바람이 분다

지나고 보면 옳고 그름조차도
다 부질없는 얘기지만
더 늦기 전에
말갛게 닦은 하늘에
내 마음을 비춰보며

외로울수록 향기가 짙고
슬픔이 클수록 색깔 고운
들꽃이 되자

햇살도 춥고
오동나무처럼 텅 빈 가슴에
눈 감으면 오히려 더 훤히 보이는
너 하나만 채우자

섬

하루를 천년 같이
무작정 기다리는 것 외에는
달리 아무것도 할 수 없어
혼자 그렇게 울어요

오늘이 지나면 내일은 낫겠지
스스로를 수없이 달래보다가도
이어졌다 끊어지고
끊어졌다가 이어지는 파도 소리에
그만 또 울고 말아요

이제는 정말 지칠 만도 한데
이제는 바람도 그냥 모른 척 지나가는데
출렁이는 바다에 가슴을 묶고
눈만 뜨면 그렇게 울어요

가을 산

야위어 가는 햇살 앞에
숭숭 구멍 뚫린 가슴
빛바랜 채무만 잔뜩 남겨놓고
향방 없이 모두 떠나고 나면
혼자 감당해야 할 외로움
정을 뿌리치는 이별에
온 산이 시끄럽다
한여름 무성하던 푸르름이
짧은 황금빛 햇살 유혹에
그리움마저 빼앗긴 가을
산자락을 붙들고 있던 바람이
적막한 꼬리를 흔들며
눈물을 훔치고 달아난다
세월조차도 돌아설 힘이 없는 계절
울긋불긋 생가슴 타는 소리가
요란하다

바람에게 물어 보게나

하루가 천년 같다거나
천년이 하루 같다거나
쓰다 달다 말 없는 세월 앞에 그리 울지 말게나
형벌인 듯 아예 가슴 몽땅 잃어버리고
마음 둘 곳 찾지 못해
늘 길 끝에서 떨고 있는 걸음도 있다네
가끔 한 번씩 정신줄 끊어지는 아픔이 있어도
진솔한 마음 하나로 견디다 보면
어눌한 그곳에서 생명을 가진 말들이
들꽃처럼 피어날 때가 분명있다네
산다는 것은 사랑한다는 것은
가슴에다 작은 꽃씨 하나 심고
푸른 혼령으로 살아날 때까지
미움도 설움도 깃털처럼 날려 보내는 인고라네
제 울음 주머니를 굽은 등에 천형처럼 얹고
불타는 사막을 건너온
낙타의 목마른 외침을 아는가
정말 힘이 들 때면

그곳에도 오늘처럼 비가 내리고
그늘진 가슴 한켠에 젖은 바람이 부냐고
그냥 한 번 물어 보게나

계절병

여기저기 들쑤셔놓는
바람 때문에
돌아누워도
모로 누워도
노오란 빈혈보다 더 어지럽다

한쪽 눈으로 세상을 읽으면서도
눈썹 하나 까닥하지 않던 마음인데
꿈이 들락날락하던 자리마저
마구 헤집고 다니는
그렁그렁한 갈색 바람 때문에
세월 안쪽에다 새겨둔 이름이
제 혼자 병을 앓는다

상사화

소리 내어 울지 못하던
가슴에 핏물이 들었다

모진 바람과
거친 폭우 속에서도
햇살 한 줌 움켜쥐고
그리움의 뼈대 하나
단단히 세운 붉은 마음
쉽게 아물다가도
또다시 도지고 마는
상처 끝마다
등불처럼 불을 켜놓은 기다림
차마 헤어짐을 말할 수 없었던
그 목소리 그 눈빛이 눈부시다

나를 비우고 나서야
가득 채워지는 목숨
피 흘려야만 더욱 선명해지는

모순의 꽃말이
핏빛 뉘우침으로 젖는다

복수초

잠 안 오던 날들을
잔뜩 긁어모아
활활 불태운 자리마다
타다 남은 불씨가
성깔만 남은 바람이 지날 때마다
노랗게 속살을 드러낸다
변덕스런 봄 날씨에
거짓말도 참말로 믿겠다는 듯
그 환한 웃음이
멀미나도록 예쁘다